RINAUDO

FOLIO CADET

Traduit de l'anglais
par Pascale Houssin

Maquette : Light Motif

Titre original : *Featherbrains*
Édition originale publiée par Hamish Hamilton Ltd, 1993

John Yeoman

Les Poules

illustré par Quentin Blake

GALLIMARD JEUNESSE

■ CHAPITRE 1 ■■■

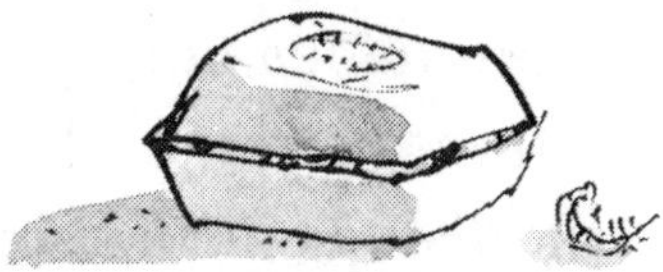

Flossie et Bessie vivaient à la ferme du Bois-Joli. Du moins, c'était le nom qui était imprimé sur les boîtes d'œufs. En réalité, ce n'était qu'une espèce de grand hangar tout en longueur, avec une allée centrale et des centaines de cages à poules empilées de chaque côté.

Flossie et Bessie, qui étaient sœurs, partageaient leur cage avec deux autres poules, Maggie et Aggie. Elles se trouvaient juste à droite en entrant, dans la rangée du bas. Le hangar était plein de jeunes poules ; il devait y en avoir environ vingt mille. Cependant, elles ne parlaient pas beaucoup entre elles. Quand on ne va nulle part et qu'on ne fait jamais rien, on n'a pas grand-chose à dire.

Ce jeudi-là commença comme tous les jours de la semaine. Lorsque les lampes s'allumèrent automatiquement à sept heures (car il n'y avait pas de fenêtres dans le poulailler), les poules sortirent la tête de sous leur aile et clignèrent un peu des yeux à cause de la lumière.

– Est-ce que tu as bien dormi ? demanda Flossie.

– Très bien, merci, répondit Bessie. J'ai fait un rêve merveilleux.

– Oh ! Raconte-le-moi ! s'écria Flossie.

– J'ai rêvé que j'étais dans une cage, à l'intérieur d'un grand poulailler. Ensuite, je me suis réveillée.

Flossie regarda sa sœur en béant d'admiration.

– Tu en as de la chance ! lui dit-elle.

Elle, elle ne rêvait jamais. Bessie avait toujours eu beaucoup plus d'imagination.

– Tiens, voilà le petit déjeuner ! lança Bessie.

Elle disait cela chaque jour à la même heure, quand la machine se déclenchait.

Le moteur commençait à ronfler, puis on entendait quelques cliquetis ; ensuite, il y avait quelque chose d'encore plus passionnant : le tapis roulant qui passait devant les cages se mettait en route.

Peu après, la nourriture commençait à défiler et les poules arrivaient à l'atteindre en passant la tête à travers les barreaux. C'était un peu la bousculade pour arriver au premier rang mais, en tendant le cou par-dessus les voisines, chacune finissait par y trouver son compte.

– C'est la même chose qu'hier, dit Bessie entre deux becquées.

– Formidable ! s'écria Flossie. C'était délicieux. J'ai beaucoup aimé ce qu'on nous a donné hier.

Elles disaient cela tous les jours. Aggie et Maggie, quant à elles, ne disaient rien. Elles étaient trop occupées à manger. À vrai dire, elles étaient toujours trop occupées pour parler : trop occupées à manger, à dormir, ou bien à regarder dans le vide.

CHAPITRE 2

Jusque-là, donc, c'était un jour comme un autre. Quand soudain, une petite tête noire se faufila par le trou qu'il y avait en bas de la porte. Deux petits yeux brillants inspectèrent le poulailler avec curiosité. C'était un choucas. Il décida d'entrer.

Les choucas sont du genre fouineur, c'est là leur moindre défaut – leur défaut principal étant d'avoir tendance à chaparder. On dit de ceux qui prennent ce qui ne leur appartient pas qu'ils ont les doigts crochus.

En ce qui concerne les choucas, on pourrait dire qu'ils ont le bec crochu. Un animal fort sympathique au demeurant, mais chapardeur.

Le choucas fit un rapide tour d'horizon, remonta l'allée centrale en sautillant, vérifia qu'il n'y avait rien d'intéressant à ramasser, puis il rebroussa chemin en poussant un petit « pff ! » méprisant, et s'apprêta à ressortir.

– Regarde un peu ce pauvre poulet ! s'exclama Flossie.

– Choucas, rectifia le choucas.

– Bonjour mon chou, dit Flossie. Comme tu es maigre ! Tu ne trouves pas, Bessie ? On dirait qu'il n'a que les plumes sur les os !

– En effet, acquiesça Bessie. Tu devrais prendre soin de toi, mon chou. Est-ce que tu as pris un bon petit déjeuner au moins ? Regarde-le, Flossie : je parie qu'il n'a rien avalé depuis hier.

– À te voir, on jurerait que tu ne déjeunes

jamais, enchaîna Flossie. Allez, viens casser la graine avec nous, ça te fera du bien.

– Oui, cela te remplumera, renchérit Bessie.

Touché de leur sollicitude, le choucas se pencha au-dessus du tapis roulant où défilaient d'étranges granulés nauséabonds. Aussitôt il recula en se plaquant l'aile sur le bec.

– Je vous remercie, mais... je ne fais que passer, dit-il en déglutissant péniblement. J'étais justement sur le point d'aller chercher quelque chose à manger. Maintenant, si vous voulez bien m'excuser, il faut que j'y aille.

– Chercher quelque chose à manger ? s'étonna Flossie.

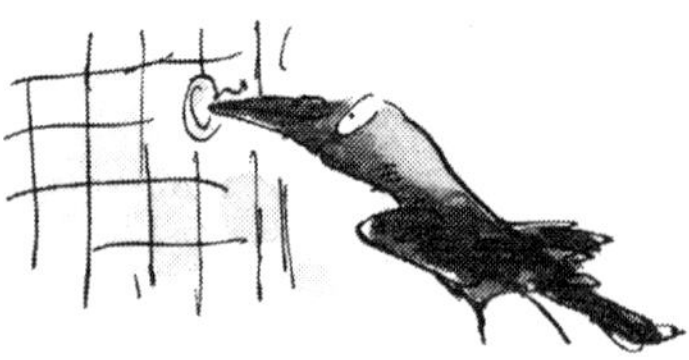

Mais, au moment de partir, le choucas vit étinceler un bouton de métal doré sur le bord de la cage. Or les choucas sont incapables de résister à tout ce qui brille. « Les poules n'ont certainement rien à faire de ce joli bouton, se dit-il. Si je le prenais ? »

Sur ce, il donna un bon coup de bec dessus mais, à sa grande surprise, le bouton ne bougea pas. Il fit une deuxième tentative, puis une autre, et soudain la pièce de métal sauta en cliquetant et la porte de la cage s'ouvrit toute grande.

Complètement affolées, Aggie et Maggie se réfugièrent immédiatement au fond de la cage. Flossie et Bessie, quant à elles, demeurèrent immobiles, roulant de grands yeux.

C'est alors que le choucas eut une idée :

– Mesdames, puisque apparemment je viens de déclencher l'ouverture de votre cage, que diriez-vous de venir déjeuner avec moi dehors ?

– En dehors de quoi ? s'enquit Bessie, de plus en plus estomaquée.

– Tu veux dire qu'il y a un autre poulailler derrière la porte ? demanda Flossie.

Le choucas ne savait pas comment leur expliquer.

– Pourquoi ne pas venir voir par vous-mêmes ? leur proposa-t-il. Vous pourrez toujours rentrer si vous ne trouvez rien d'appétissant.

CHAPITRE 3

Une fois dehors, les deux sœurs restèrent clouées sur place, blotties l'une contre l'autre pour se rassurer.

– Il fait rudement froid ici, remarqua Bessie. On ferait peut-être mieux de rentrer tout de suite. Je ne tiens pas à m'enrhumer.

– Il ne fait pas si froid que ça, voyons ! dit le choucas d'une voix encourageante. C'est parce que vous sortez d'une atmosphère surchauffée, voilà tout. Vous allez voir, il fera nettement meilleur quand le soleil se lèvera.

Mais cela ne voulait pas dire grand-chose pour Bessie, puisqu'il faisait toujours la même température dans le poulailler. Elle attendit que le choucas se fût un peu éloigné pour chuchoter à Flossie :

– Il est très gentil mais je crois qu'il est un peu simplet.

– Suivez-moi, je vais essayer de trouver quelque chose à nous mettre sous le bec, leur cria le choucas par-dessus l'aile, tout en sautillant de-ci de-là.

Les deux poules se mirent à avancer tout doucement entre les énormes camions garés sur le grand parking qui entourait le poulailler.

– Dépêchez-vous, quelqu'un pourrait vous voir ! lança le choucas.

– On ne peut pas faire plus vite, protesta Flossie, il n'y a rien pour se retenir !

Les deux poules étaient tellement habituées à s'agripper au grillage de leur cage qu'elles se sentaient très mal à l'aise sur la terre ferme.

– Vous n'avez pas besoin de vous accrocher au sol, leur expliqua patiemment le

choucas. C'est ce qu'il y a de bien quand on est par terre : on ne peut pas tomber plus bas.

– Tu en parles à ton aise ! répliqua Bessie. Mais pense un peu aux pauvres pattes de Flossie.

– Si tu savais les problèmes que j'ai avec mes pattes, soupira Flossie en secouant tristement sa petite crête.

– Je n'arrête pas de lui dire d'aller se faire examiner, dit Bessie.

– Pourquoi ne pas aller barboter dans cette flaque d'eau ? suggéra le choucas. Je suis sûr que cela vous ferait le plus grand bien.

– C'est incroyable, Bessie ! s'exclama Flossie en s'approchant prudemment de la flaque. Je n'ai encore jamais vu d'abreuvoir sans robinet.

– Ce doit être un ancien modèle qu'on remplit à la main, dit Bessie qui trouvait une explication à tout.

Après avoir pataugé un bon moment dans

la flaque d'eau, les deux sœurs trouvèrent que c'était effectivement un excellent remède pour soulager leurs pattes enflées. « Après tout, pensèrent-elles, ce choucas n'est peut-être pas aussi bête qu'il en a l'air... »

CHAPITRE 4

– Mieux vaut ne pas s'attarder ici, dit le choucas en sautillant sur place. Les chauffeurs des camions peuvent arriver d'un instant à l'autre. Nous allons traverser la route, ensuite je vous offrirai de quoi faire un vrai petit déjeuner.

– Pourquoi veux-tu nous faire traverser la route ? demanda Flossie.

– J'abandonne…, soupira le choucas.

« Tout compte fait, il est tout de même un peu nigaud », songea Bessie.

– Comme il y a beaucoup de circulation,

reprit le choucas, je pense qu'il vaudrait mieux voler jusqu'au terrain en friche de l'autre côté.

– Voler ! s'écria Flossie. Ne me parle surtout pas de voler ! Premièrement, je risquerais de me cogner au plafond.

– Deuxièmement, nous ne savons pas voler, précisa Bessie.

– Vous ne faites donc jamais d'exercice ? demanda le choucas, tout étonné.

– Bien sûr que si, répliqua Flossie. Tous les jours ! En se collant dans le coin de la cage, on arrive à déplier une aile.

– Ou bien à étirer une patte, ajouta Bessie. Montre-lui, Flossie !

Et, se tenant l'une à l'autre, les deux poulettes firent une édifiante démonstration de gymnastique au choucas.

– Mais vous n'avez jamais essayé de déplier les deux ailes en même temps et de les faire battre de haut en bas ? demanda le choucas. Je veux dire… votre mère ne vous a pas appris à voler ?

Flossie et Bessie éclatèrent de rire.

– Voyons, mon chou, ne sois pas ridicule, dit Bessie. Comment aurait-elle pu ? Notre maman était une grosse ampoule électrique coiffée d'un grand chapeau de métal.

– Et de toute façon, elle avait trop de travail avec tous ses poussins, poursuivit Flossie. Nous étions quatre cents dans la famille, tu sais…

– C'est bon, vous avez gagné, dit le choucas. Nous irons à pied.

Il s'éloigna d'un pas décidé, comme tous

les choucas, et se faufila adroitement entre les voitures et les motos.

Les deux poules, qui étaient loin d'avoir son assurance, risquèrent une patte sur la chaussée, hésitèrent, reculèrent, tournèrent

en rond, s'assirent un instant pour réfléchir,

puis finirent par foncer droit devant elles, dans un vacarme de coups de klaxons et de crissements de pneus. Puis elles plongèrent sous la haie où le choucas les attendait en fermant les yeux.

Après avoir repris son souffle, Bessie déclara :

– Ce n’est pas si difficile que ça, après tout.

CHAPITRE 5

Une fois que les poules se furent un peu reposées, le choucas les conduisit au terrain en friche.

– Vous allez sûrement trouver plein de choses à manger par ici, leur dit-il.

Flossie regarda autour d'elle d'un air méfiant.

– Ça m'étonnerait, dit-elle.

– Mon pauvre chou, dit Bessie, il n'y a rien pour nous ici, pas de tapis roulant, pas de nourriture. Rien que de la poussière, de l'herbe et des buissons !

« Bon, se dit le choucas, restons calme et commençons par le commencement. »

– C'est justement là que vous allez trouver de quoi vous régaler, leur expliqua-t-il. Vous savez bien : des vers, des insectes… tout, quoi. Regardez !

Et il saisit dans son bec un petit ver qu'il leur montra.

– Tu appelles ça de la nourriture, toi ? s'indigna Flossie.

– C'est ce que mangent les poules, oui, affirma le choucas.

Bessie s'enhardit, mais plutôt timidement.

– Écoute, mon chou, je veux bien essayer d'y goûter, mais à condition que tu en manges un d'abord.

Le choucas fit sauter le ver au fond de son gosier et ferma les yeux en affichant un sourire satisfait.

– Délicieux, déclara-t-il.

– L'ennui, c'est qu'il n'y en a plus, dit Bessie, à la fois soulagée et déçue.

– Mais si ! dit le choucas. Seulement ils sont sous terre. Il faut gratter pour les trouver. Les poules sont généralement très douées pour ça… beaucoup plus que les choucas, à vrai dire.

– Ne t'en fais pas, mon chou, reprit Flossie, toi aussi tu y arriveras quand tu seras grand.

Bessie s'était déjà mise à gratter le sol. Le choucas avait raison : c'était très facile et, chose curieuse, plutôt amusant.

– Regarde Bessie, la voilà qui danse ! s'exclama Flossie en s'adressant au choucas.

En deux temps trois mouvements, Bessie déterra quelques vers tout emberlificotés. S'armant de courage, les deux poules choisirent les plus petits d'entre eux et les avalèrent rapidement.

Elles s'accordèrent un instant de réflexion.

– Tu sais, déclara finalement Bessie, je trouve que ces petites choses ont bien meilleur goût que les granulés de chez nous.

– Je suis d'accord avec toi, Bessie, dit Flossie, mais crois-tu vraiment que c'est comestible ? Ce n'est certainement pas très sain de manger des choses qui ont traîné dans la poussière et qui, de plus, n'ont aucun additif.

– Des additifs... Quels additifs ? demanda le choucas.

– Tu sais bien : tout ce qu'on ajoute à nos aliments pour qu'on soit en forme, répondit Bessie.

– Des petits morceaux de corne, par exemple...

– ... ou bien des plumes émincées...

– ... sans oublier les médicaments, souligna Flossie.

– Des médicaments ? Pour quoi faire ? s'étonna le choucas.

– Pour rester en bonne santé, voyons ! lui expliqua Bessie.

– Alors comme ça, on ne tombe jamais malade dans votre poulailler ? dit le choucas.

– Oh, si ! À tout bout de champ ! reconnut Flossie.

– Mais ce serait certainement pire si nous ne prenions pas nos médicaments tous les jours, dit Bessie. En attendant, je crois que je vais quand même me laisser tenter par un ou deux autres petits vers de terre. Après tout, ce n'est qu'un en-cas.

– Tu as raison, Bessie, dit Flossie en se remettant à gratter le sol sans retenue. Mangeons donc un petit morceau avant de rentrer chez nous, ça ne peut pas nous faire de mal.

Le choucas soupira et leva les yeux au ciel. « Elles sont désespérantes ! » songea-t-il.

CHAPITRE 6

Les deux poules et le choucas étaient encore en train de picorer, quand un bruissement de feuilles les fit tressaillir.

Tout près d'eux, un lapin émergea des buissons.

– Excusez-moi, je... je ne voulais pas vous faire peur, leur dit-il, à bout de souffle. Je suis désolé... Je n'en peux plus... Tellement couru !

– Bonjour ! dit Flossie.

– Bonjour ! dit Bessie. Permettez-moi de vous dire que j'adore votre plumage. C'est très chic.

Le lapin lança un regard au choucas, qui lui fit un petit clin d'œil discret.

– Merci du compliment, reprit le lapin. Maintenant, excusez-moi. Pas le temps de m'attarder. Faut que je file. Un bon conseil : faites-en autant. Le renard n'est pas loin… Et il a faim !

Sur ce, le lapin s'élança et disparut dans un terrier.

– Drôle de personnage, dit Flossie en se remettant à gratter le sol avec insouciance.

– Dépêchez-vous ! s'écria le choucas. Vous n'avez donc pas entendu ce qu'il vient de dire ? Il y a un renard dans les parages !

– Allons, mon chou, dit Bessie en saisissant dans son bec un scarabée bien dodu, nous n'allons tout de même pas nous en faire pour si peu. Il y a largement de quoi manger pour tout le monde ici, même pour un renard affamé !

– Mais les renards ne se nourrissent pas de scarabées ! hurla le choucas. Ce qu'ils aiment ce sont les poules, figurez-vous. Et vous êtes justement sur son chemin… Envolez-vous vite !

– Je te l'ai déjà dit, mon chou, dit Flossie le bec plein, je n'ai jamais volé de ma vie et ce n'est pas aujourd'hui que je vais…

À ce moment-là, un museau pointu, des oreilles droites, de longues moustaches et des dents luisantes surgirent à travers les hautes herbes. C'était le renard.

En l'apercevant, Flossie poussa un gloussement qui fit s'enfuir tous les oiseaux des alentours. Sans le vouloir, les deux poules se mirent à battre des ailes avec frénésie et elles se retrouvèrent à quelques mètres au-dessus du sol.

– Rentrons vite au poulailler, Flossie, haleta Bessie. Je crois que nous en avons assez vu pour aujourd'hui... et même pour le restant de nos jours !

– Mais je ne connais pas le chemin du retour, Bessie, pleurnicha Flossie qui avait du mal à maîtriser son vol.

– Mesdames, suivez-moi, cria le choucas en plongeant devant elles avec aisance.

Et il s'élança au-dessus de la circulation.

– Je n'en peux plus, geignit Flossie. J'ai le vertige, tout tourne autour de moi !

– Alors ferme les yeux mais continue à remuer tes ailes ! lui souffla Bessie qui gardait toujours la tête froide même en cas de panique.

C'est ainsi que les deux sœurs, les yeux clos et les ailes agitées de soubresauts anarchiques, réussirent à suivre, grosso modo, la même direction que le choucas.

■■■ CHAPITRE 7 ■

Trop fatiguées pour pouvoir voler dix mètres de plus, les deux poules dégringolèrent et atterrirent brutalement sur le quai de la gare. Il y eut heureusement plus de peur que de mal. Les oiseaux se font d'ailleurs rarement mal quand ils tombent, car ils se reçoivent généralement sur les pattes… ou bien sur la tête.

Après avoir repris ses esprits, Bessie s'ébouriffa une ou deux fois afin de retrouver son calme.

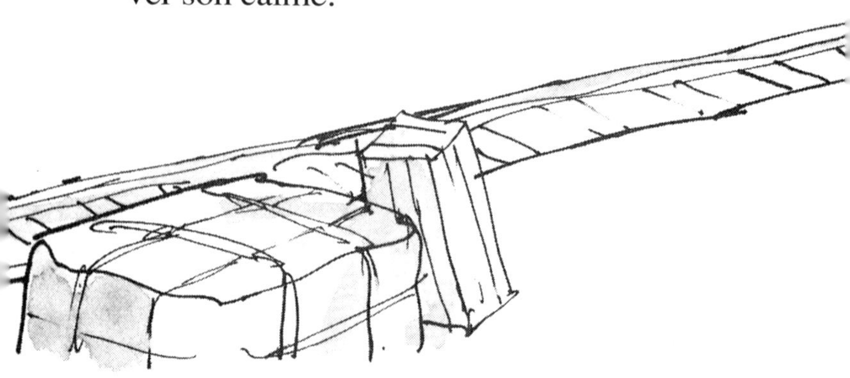

– À mon avis, nous ne sommes pas chez nous ici, fit remarquer Flossie.

– Notre petit ami n'a peut-être pas tellement le sens de l'orientation, dit Bessie. Au fait : où est-il passé ? J'espère qu'il ne s'est pas perdu.

Tout à coup, Flossie aperçut sur le quai un énorme panier d'où s'échappaient des cris d'oiseaux. C'était une malle pleine de pigeons voyageurs que l'on devait expédier par le prochain train.

Flossie sauta sur le couvercle et regarda à l'intérieur par l'un des trous d'aération.

– Oh ! Quelle jolie cage, Bessie ! s'exclama-t-elle avec envie. Bien chaude, bien confortable. Et sans renard !

– Je commence à regretter notre poulailler, soupira tristement Bessie. Il faut absolument essayer de retrouver notre petit chou.

Flossie sauta à terre.

– En tout cas j'y vais à pied, décréta-t-elle. J'ai assez volé pour aujourd'hui.

Les deux sœurs finirent par trouver la sortie. Comme il n'y avait aucun train de prévu avant deux heures, le contrôleur n'était pas à son guichet et personne ne leur demanda leur billet. La place de la gare était déserte, à part une moto garée dans un coin. Un casque jaune était accroché à l'une des poignées et, sur l'autre, était perché le choucas.

– Ah ! te voilà, mon chou ! s'écria Bessie. Tu sais, nous devons absolument rentrer chez nous. Ils vont s'inquiéter, là-bas.

– Je me demande ce que les autres poules sont en train de faire en ce moment, dit Flossie avec mélancolie.

– Pas grand-chose, sans doute, riposta le choucas. Écoutez, je comprends que vous vous ennuyiez de votre poulailler… après tout, c'est chez vous. Mais vous n'êtes pas obligées d'y retourner. Vous ne préférez pas plutôt…

Il n'eut pas le temps de finir, car Bessie venait brusquement d'avoir une inspiration.

– Mes amis, j'ai envie de pondre un œuf.

– Oh, Bessie ! Pas ici, voyons ! répliqua Flossie. Il n'y a pas de gouttière pour le faire rouler, ni de tapis roulant pour l'emporter. Ce ne serait pas convenable. Ce ne serait pas… naturel.

– Ça m'est égal, reprit Bessie avec une pointe de rébellion. Après tout, on ne vit qu'une fois, pas vrai ? Il faut savoir se montrer téméraire de temps en temps. Et, de toute façon, nous serons de retour chez nous dans quelques minutes.

Sur ce, elle sauta dans le casque et y déposa son œuf. Quelques secondes plus tard, Flossie en fit autant.

– Tu sais quoi, mon chou ? dit Bessie en redescendant. Je crois bien que c'est la première fois que je ponds un œuf avec autant de plaisir.

– Moi aussi, reconnut Flossie. Je suis très contente de mon œuf.

– Et vous voulez quand même rentrer chez vous ? demanda le choucas.

– Bien sûr, dit Flossie. Il le faut.

– Reposons-nous un peu d'abord, proposa Bessie. Nous avons eu une matinée épuisante.

– Vous ne pouvez pas rester ici, quelqu'un pourrait vous voir, dit le choucas.

– Bessie a raison, mon chou, insista Flossie. Laisse-nous le temps de reprendre des forces. Nous avons encore une longue route à faire, n'est-ce pas ?

– Cet endroit m'a l'air parfait pour un petit roupillon, dit Bessie en désignant une camionnette garée un peu plus loin le long du trottoir. Le hayon est baissé, nous allons pouvoir monter sans problème.

– Impeccable, approuva Flossie. Pas de lumière, pas d'air : on ne peut pas rêver mieux.

Le choucas soupira, haussa les épaules et alla se percher sur le toit d'une maison pour y attendre le réveil des deux sœurs.

Deux secondes plus tard, il entendit des aboiements furieux et vit Flossie et Bessie décoller de la camionnette à toute allure afin d'échapper aux crocs d'un féroce chien de garde.

CHAPITRE 8

– Suivez-moi ! cria le choucas en prenant son vol. Je vais vous ramener directement chez vous. Il n'y en a pas pour longtemps.

Mais c'était compter sans le manque d'entraînement des poules. Comme elles s'obstinaient à voler les yeux fermés et avaient du mal à faire battre des deux ailes en même temps, elles avançaient à une lenteur désespérante.

Le choucas était obligé de revenir sans

cesse en arrière. À un moment, il fallut les dépêtrer du filet de but du terrain de football de l'école.

Un peu plus loin, il dut les persuader de bien vouloir sortir d'un caddie qui traînait devant le supermarché du village.

Ensuite il eut un mal fou à les décrocher d'une girouette plantée au milieu d'un jardin.

– J'espère que nous allons bientôt arriver, haleta Flossie. Je recommence à avoir le vertige.

Le choucas attendit patiemment qu'elles soient remises de leurs émotions, après quoi ils repartirent.

Finalement, grâce à d'habiles manœuvres, il parvint à maintenir les deux poules dans la bonne direction et à les piloter jusqu'au parking de la ferme du Bois-Joli, où elles se posèrent en catastrophe.

– Eh bien, nous y voilà ! souffla Bessie

tout en essayant d'arranger quelques plumes qui avaient un peu souffert dans l'atterrissage. Après tout, ce n'est pas si difficile que ça…

– Accompagne-nous jusqu'à la porte, mon chou, fit Flossie d'une voix tristounette. Ensuite, nous n'aurons plus qu'à te dire merci et… au revoir.

Mais une surprise de taille les attendait. Quand elles s'approchèrent du

poulailler, elles constatèrent que le trou par où elles étaient sorties avait été soigneusement rebouché. De toute évidence, on s'était aperçu de leur absence et on avait réparé la porte sans tarder.

Désormais, Flossie et Bessie ne pourraient plus jamais rentrer chez elles.

■■■ CHAPITRE 9 ■

Les deux sœurs n'en croyaient pas leurs yeux.

– Qu'allons-nous faire, Bessie ? demanda Flossie.

– Je n'en sais rien, lui répondit Bessie. C'est la fin du monde.

– Reprenez-vous, mesdames, dit le choucas. C'est peut-être la chance de votre vie ! De toute façon, vous n'avez plus le choix, alors laissez-moi vous montrer un endroit que je connais.

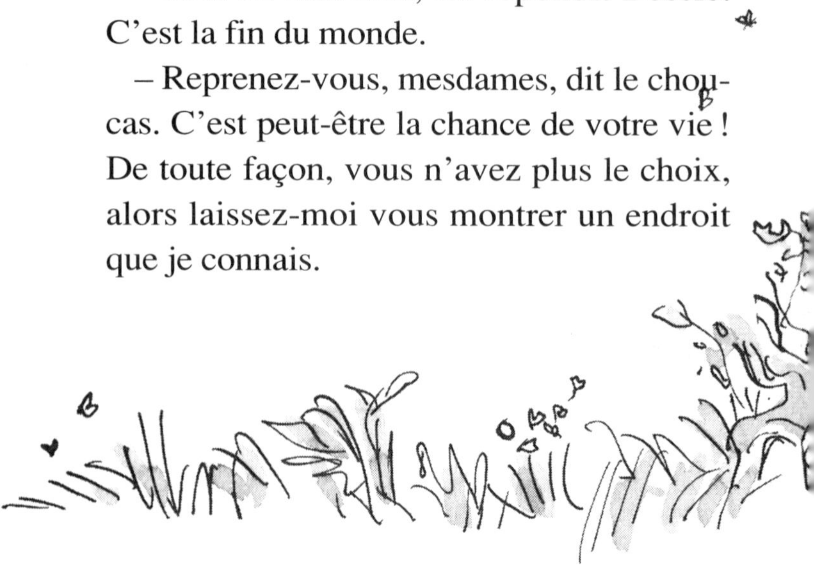

Les deux poules échangèrent un regard méfiant mais elles étaient bien obligées de s'en remettre au choucas. Il ne leur fallut qu'une demi-heure pour effectuer les dix minutes de trajet qui les séparaient de l'endroit en question. Une fois sur place, force leur fut d'admettre qu'il s'agissait d'un endroit charmant : une petite clairière au beau milieu d'un bois de chênes.

– Regardez, il y a même l'eau courante, dit le choucas.

Il alla se poser sur un rocher et il trempa son bec dans l'eau claire d'un ruisseau.

– Et plein de belles fleurs dans l'herbe, c'est très coquet, en effet, dit Flossie qui ne voulait pas se montrer ingrate.

– Et aussi un ravissant carré de terre fraîche pour prendre nos bains de poussière, ajouta Bessie en explorant les lieux.

– Et tous ces insectes bien juteux sous les pierres ! dit Flossie en se mettant à gratter des deux pattes.

– Tout compte fait, dit Bessie au bout d'un moment, j'ai l'impression que nous ne serons pas si mal ici, puisqu'il faut s'en contenter.

Cette nuit-là, Flossie et Bessie se pelotonnèrent toutes deux au creux d'un buisson d'aubépine et se laissèrent bercer par le croassement des corneilles qui nichaient à la cime des grands arbres.

Par la suite, chaque jour leur apporta un nouveau plaisir : des fleurs de couleurs différentes qui apparaissaient çà et là, une

ondée soudaine qui venait les rafraîchir, et leur ami le lapin qui vint s'installer sous l'aubépine avec toute sa petite famille.

Bien entendu, le choucas continuait de veiller sur elles. À vrai dire, il venait les voir tous les jours. Et il était ravi de constater qu'elles parlaient de moins en moins de leur poulailler et de plus en plus de leur nouvelle résidence.

CHAPITRE 10

Un beau matin (et, curieusement, c'était encore un jeudi) le choucas trouva les deux poules en train de se prélasser dans la poussière.

– Bonjour, mon chou, dit Flossie, je suis contente de te voir.

– Alors, vous avez bien dormi, toutes les deux ?

– Très bien, merci, répondit Bessie. J'ai fait un rêve merveilleux.

– Oh ! Raconte-le-nous ! demanda Flossie.

– Eh bien voilà : j'ai rêvé que j'étais dans une clairière. On entendait murmurer un ruisseau d'eau claire. Ensuite... je me suis réveillée.

– Quelle coïncidence ! s'exclama Flossie. Pour la première fois de ma vie, j'ai fait un rêve, moi aussi, la nuit dernière… et c'était exactement le même que le tien !

– Formidable…, dit le choucas avec un grand sourire.

FIN

John Yeoman est né à Londres et a passé son enfance dans le comté de Kent. Après des études de littérature à l'université de Cambridge, il a été pendant une trentaine d'années directeur de la section anglaise au lycée français de Londres. Il a désormais quitté cette activité pour se consacrer à l'écriture. Il est l'auteur de plus de vingt albums, récits et contes pour enfants, illustrés pour la plupart par Quentin Blake, son grand ami et complice parmi lesquels *La Révolte des lavandières*, *Le Chat ne sachant pas chasser*, *La Maison que Jack a bâtie*.
Dans la collection Folio Cadet ont déjà paru : *L'Alligator et le Chacal* et *Le Coyote et les Corbeaux*.

Quentin Blake est né en Angleterre en 1932. Il publie son premier dessin à seize ans dans le célèbre magazine satirique *Punch*. Il deviendra plus tard directeur du département Illustration du prestigieux Royal College of Art à Londres. En 1978, il rencontre Roald Dahl dont il devient alors l'illustrateur attitré tout en continuant à collaborer avec d'autres écrivains célèbres et à réaliser ses propres albums (*Clown*, *Zagazou*, *Armeline Fourchedrue*…). Certains de ses livres ont été créés spécialement pour les lecteurs français, tels *Promenade de Quentin Blake au pays de la poésie française* ou *Nous, les oiseaux*, préfacé par Daniel Pennac. Élevé par la reine au rang de commandeur de l'Ordre de l'Empire britannique pour services rendus à la littérature il est devenu, en 1999, le premier Children's Laureate, ambassadeur du livre pour la jeunesse. Il vit et travaille entre Londres et le sud-ouest de la France.

J'aime pas la poésie ! 438
de Sharon Creech
illustré par Marie Flusin

Mon petit frère est un génie, 472
de Dick King-Smith
illustré par Judy Brown

Sorcières en colère, 475
de Fanny Joly
illustré par Anne Simon

Danger gros mots, 319
de Claude Gutman
illustré par Pef

Victoire est amoureuse, 449
de Catherine Missonnier
illustré par A.-I. Le Touzé

Histoires de fées, 476
de Moka
illustré par Alice Charbin

Oukélé la télé ? 190
de Susie Morgenstern
illustré par Pef

Nous deux, rue Bleue, 427
de Gérard Pussey
illustré par Philippe Dumas

Le petit humain, 193
d'Alain Serres
illustré par Anne Tonnac

Petit Bloï, 432
de Vincent de Swarte
illustré par Christine Davenier

La chouette qui avait peur du noir, 288
de Jill Tomlinson
illustré par Susan Hellard

Lulu Bouche-Cousue, 425

Ma chère momie, 419

Soirée pyjama, 465

Le site des soucis, 440
de Jacqueline Wilson
illustrés par Nick Sharratt

LES GRANDS AUTEURS POUR ADULTES ÉCRIVENT POUR LES ENFANTS

BLAISE CENDRARS

Petits contes nègres pour les enfants des Blancs, 224
illustré par Jacqueline Duhême

ROALD DAHL

Un amour de tortue, 232

Un conte peut en cacher un autre, 313

Fantastique maître Renard, 174

La girafe, le pélican et moi, 278
illustrés par Quentin Blake

Le doigt magique, 185
illustré par Henri Galeron

Les Minuscules, 289
illustré par Patrick Benson

JEAN GIONO

L'homme qui plantait des arbres, 180
illustré par Willi Glasauer

J.M.G. LE CLÉZIO

Balaabilou, 404
illustré par Georges Lemoine

ISBN : 978-2-07-055906-0
N° d'édition : 180163
Loi n° 49-956 du 16 juillet 1949
sur les publications destinées à la jeunesse
Premier dépôt légal : mai 1993
Dépôt légal: septembre 2010
Imprimé en Espagne par NOVOPRINT (Barcelone)